WO DAS MEER

HEIMKEHRT

„Manche Orte sprechen leise. Man muss in sich still werden, um sie zu hören.“

Pablo R. De Lima

Unabhängige Ausgabe, 2025

COPYRIGHT

Verlag: BoD · Books on Demand GmbH, Überseering 33, 22297 Hamburg, bod@bod.de
Druck: Libri Plureos GmbH, Friedensallee 273, 22763 Hamburg
ISBN: 978-3-7693-2213-2

Unabhängig veröffentlicht.
Coverdesign: Pablo R. De Lima
Erstausgabe, 2025

www.delimapablo.com
Kontakt: @delimapablo.author

WIDMUNG

Für dich, Thaiana,

die durchs Leben geht, als würdest du an den Rändern des Chaos Schweigen sticken.

Für deine gelassene Stärke, für den Blick, der alles sieht – selbst wenn er Ablenkung vorspielt – und für eine Liebe, die nicht bindet, sondern trägt, wie ein festes und unsichtbares Netz.

Ich widme dir dieses Buch für deinen leisen Mut, für die Worte, die du nie ausgesprochen hast und mich doch gelehrt haben, sie zu hören.

Du bist Fleur de Sel: dezent, unentbehrlich, verwandelnd.

Denn es gibt Schweigen, das ganze Geschichten erzählt.

Und zu lieben heißt am Ende, einen Teil von sich im anderen einzuschreiben – einen Teil, der nur dort Sinn findet.

LESERNOTIZ

Dies ist kein Buch, das man in Eile lesen sollte.

Es ist ein Buch für jene, die zwischen den Zeilen lauschen – für jene, die wissen, dass das Ungesagte oft mehr wiegt als Worte.

Es ist ein Buch für jene, die glauben, dass manche Geschichten kein Ende finden – sondern lernen, in einem anderen Zeitmaß zu verweilen.

Table of Contents

"Manche Geschichten schreiben sich nicht mit Worten, sondern mit dem Schweigen dazwischen. Wo das Meer heimkehrt, finden verlorene Stimmen ihr Echo."

EINFÜHRUNG
WO DAS MEER HEIMKEHRT

Manche Romane entstehen aus Handlung. Andere — aus
Warten.

Wo das Meer heimkehrt wählt Letzteres – und reiht
sich damit ein in die Tradition jener Bücher, die mehr
zuhören als erzählen, die Bedeutung in Pausen weben und
daran glauben, dass Schweigen eine vollkommene Sprache
sein kann – zwischen zwei Menschen, die einander im
Ungesagten erkennen.

Angesiedelt in Paratys feuchten Häusern,
schaukelnden Hängematten und buchduftenden Läden am
Meer, näht der Roman mit zarter Präzision ein Geflecht
aus zurückgehaltenen Zuneigungen, in Rändern notierten
Worten und Begegnungen, die geschehen, noch bevor die
Protagonisten einander beim Namen nennen.

Helena und Caio verlieben sich nicht plakativ – sie
schreiben sich behutsam ineinander ein, wie jemand, der
Briefe nicht in Erwartung einer Antwort, sondern in
Sehnsucht nach Trost verfasst.

Diese epistolare und fragmentarisch aufgebaute
Architektur erinnert an die Tradition empfindsamer und
tiefgründiger Werke wie *O Filho de Mil Homens* von Valter
Hugo Mãe oder *Cartas a Milena* von Kafka — Texte, in
denen Liebe in den Spalten der Sprache und in der
Spannung zwischen Ferne und Verlangen entsteht.

Der Einfluss von Autor:innen wie José Luís Peixoto,
Adélia Prado, Mia Couto und Ocean Vuong ist dabei nicht
als direkte Anspielung spürbar, sondern atmosphärisch: im
gewählten Erzählrhythmus, in salz- und
schattengetränkten Bildern, in Gegenständen, die
Zärtlichkeit tragen (ein Buch, eine Hängematte, ein *Fleur de
Sel*), und in der Überzeugung, dass Sprache stets eine
unvollkommene Übersetzung ist — und dennoch eine
notwendige.

Ästhetisch versteht *Wo das Meer heimkehrt* die Langsamkeit als eine Form des Widerstands.

In einer Welt, die von Eile getrieben ist, lädt dieses Buch zum Lauschen ein.

Zwischen lauten Erzählungen bietet es Stille.

Und mehr noch: Es schenkt uns ein gegenseitiges Zuhören — aus verflochtenen Notizen, geteilten Erinnerungen und kleinen Gesten, die lauter sprechen als große Bekenntnisse.

Paraty ist hier mehr als Kulisse — es ist Figur.

Seine Gezeiten, gepflasterten Gassen und Häuser spiegeln die Gefühlswelten der Protagonisten.

Wie in den Werken von Raduan Nassar oder Hilda Hilst wird der physische Raum zum Resonanzkörper des Inneren.

Die Buchhandlung *Mar e Palavra* beherbergt nicht nur Bücher – sie hallt wider von Stimmen, die noch nicht wissen, dass sie gelesen werden.

In seinem Debüt sucht PABLO R. DE LIMA nicht das Spektakel.

Im Gegenteil: Er verführt durch Zurückhaltung, durch die Tiefe alltäglicher Gesten und durch den Glauben daran, dass manche Briefe nicht versandt werden müssen — sondern gefühlt.

Denn am Ende bleibt nicht das, was gesagt wird.

Sondern das, was im Schweigen geschrieben steht — zwischen zwei Menschen, die bereit sind, zu hören, was Sprache allein nicht zu fassen vermag.

KAPITEL 1
ALS DAS MEER MIR SCHRIEB

„Manche Orte sprechen leise. Man muss in sich still werden, um sie zu hören."

— Unbekannt

Es war einer jener Morgen, an denen das Meer mit langen, tiefen Atemzügen ruhte.

Drinnen, in der kleinen Buchhandlung am Kai, hing der Duft von altem Papier, Salz und frisch gebrühtem Kaffee in der Luft.

Helena wischte über die hölzerne Theke – nicht aus Not, sondern aus jener Gewohnheit, die sie von Clotilde geerbt hatte: die Hände zu beschäftigen, wenn das Herz zu still wird.

Schräg fiel das Licht durch die Lamellen der Fensterläden und ließ die schiefen Buchrücken aufleuchten wie vergessene Zeilen.

Mar e Palavra – Meer und Wort – hieß die Buchhandlung. Und wie so vieles in Paraty war sie ein Ort, an dem die Zeit den Atem anhielt. Ein Raum, der mehr aus Geschichten bestand als aus Wänden.

Im Hof saß Clotilde, ihre Großtante, und flocht Netze unter der Veranda. Oft hatte sie gesagt, manche Gezeiten sprächen – für jene, die lauschen können.

Helena zweifelte längst nicht mehr daran.

Beim Durchsehen eines Stapels gespendeter Bücher entdeckte sie ihn: einen abgegriffenen Band portugiesischer Lyrik, sein blauer Einband vom Atem der Jahre gezeichnet.

Als sie ihn aufschlug, glitt ein Brief zwischen den Seiten hervor.

„Lieber Seu Vicente,

Verzeih die späte Antwort. Ich wusste nicht, ob ich schreiben sollte.

Seit unserem letzten Treffen haben sich die Gezeiten gewandelt. Doch manche Abwesenheiten bleiben so fest wie Stein.

Ich hoffe, das Meer leistet dir weiterhin Gesellschaft."

Unbekannt

Helena verharrte mit dem Brief in den Händen.

Draußen klangen die Stimmen der Welt: Möwenrufe, Schritte auf nassem Stein, das leise Klirren von Tassen im Café an der Ecke.

Doch in ihr regte sich nur Stille – tief und weit wie das Meer.

Clotilde trat ein, ein Tuch in den Händen.

„Ein Geheimnis gefunden?", fragte sie mit einem wissenden Blick.

Helena reichte ihr den Brief.

„Er steckte in diesem Gedichtband."

Clotilde las ihn rasch, ohne Fragen. Dann sagte sie nur:

„Briefe ohne Ziel finden manchmal uns. Als wüssten sie, wo sie landen sollen."

Später, als die Buchhandlung längst geschlossen war und das Meer sacht an die Eingangsstufen schlug, stieg Helena die Treppe zu ihrem Zimmer hinauf.

Sie nahm ein Blatt Papier und setzte sich an den Schreibtisch.

Das weiße Blatt vor ihr – ein Meer aus Fragen, die noch keinen Hafen kannten.

Sie skizzierte, radierte, begann erneut.

Und schrieb schließlich:

„An den Verfasser:

Ich bin nicht Seu Vicente. Doch ich habe deine Worte gelesen, wie man das Echo eines längst vergessenen Namens vernimmt.

Das Meer leistet mir weiterhin Gesellschaft. Und manchmal – auch die Stille."

Jemand vom Kai

Sie faltete den Brief behutsam – als lege sie Worte in eine Flaschenpost.

Am nächsten Morgen, ehe sie den Laden öffnete, ging sie zum alten Briefkasten auf dem Platz.

Der eiserne Deckel knarrte – ein heiserer, kurzer Laut, als hielte er vergessene Erinnerungen gefangen.

Ein Kind rannte vorbei, schmelzendes Eis tropfte von seinen Händen.

Helena zögerte.

Für einen Moment wollte sie den Brief zurück in die Tasche gleiten lassen.

Doch dann atmete sie tief ein und ließ den Umschlag hineinfallen.

Und kehrte zurück – mit dem Gefühl, als sei an diesem Tag ein neuer Faden in ihr Gewebe gewoben worden.

Im Hof ließ Clotilde die Nadel weitergleiten, den Blick aufs Meer gerichtet.

„Manche Briefe kehren mit dem Wind zurück. Und manche Netze holen Erinnerungen ein – ohne es zu wollen", sagte sie – mehr zu den Wellen als zu ihrer Nichte.

Helena schwieg.

Doch als der Abend kam, spürte sie:

Das Meer stand näher an der Tür.

Als ob das Meer selbst in dieser Nacht lauschte – und eine Antwort erwartete.

KAPITEL 2
ADRESSEN, DIE ES NICHT MEHR GIBT

"Manche Worte gehen nie verloren. Sie warten nur auf den richtigen Moment — und auf jemanden, der sie von innen heraus liest."
— Ocean Vuong

Der Morgen begann mit feuchtem Wind.

Blätter klebten auf dem Kopfsteinpflaster, als wären es kleine Botschaften, von der Zeit vergessen.

Helena ging am alten Briefkasten auf dem Platz vorbei. Ganz ohne Absicht verlangsamte sich ihr Schritt.

Der eiserne Deckel knarrte im Hauch des Windes — als erinnerte er sich noch an den Brief, den er bewahrt hatte.

Sie öffnete ihn nicht. Strich nur mit den Fingern über den kalten Rand — so, wie man prüft, ob eine Geste noch in der Welt existiert.

In der Buchhandlung verlief alles wie immer: Clotilde flocht im Hof ihre Netze, die Glocke über der Tür erklang ab und zu, Kunden fragten nach Büchern, die von Sehnsucht sprachen — auch wenn ihnen das Wort dafür fehlte.

Doch in Helena spannte sich ein feines Lauschen— als könnte jeder Klang, jedes Gesicht eine verborgene Botschaft tragen.

Der verblichene blaue Gedichtband lag noch immer auf dem Tresen.

Der gefundene Brief — zusammen mit ihrer Antwort — ruhte daneben. Es war, als pochte er dort — wie ein Herz, das aus seinem Takt gefallen war.

„Manche Briefe brauchen Zeit, um beantwortet zu werden – weil sie irgendwo noch weitergeschrieben werden", bemerkte Clotilde, als sie mit einer Tasse Melissentee und einem Stück *Rapadura* vorbeikam.

Helena lächelte ohne zu antworten.

Sie bewahrte die Worte — wie man einen Brief schließt, der noch nicht versendet werden will.

Später, während sie eine neue Lieferung Bücher einsortierte, las sie ihren eigenen Brief erneut.

Die Zeilen schienen noch immer feucht von Bedeutung.

Es drängte sie nicht auf eine Antwort zu warten — sondern den Faden weiterzuspinnen.

Sie nahm ein frisches Blatt, schrieb ruhig, ohne Plan, und faltete es.

Diesmal legte sie es nicht in den Briefkasten.

Sie schob es zwischen die Seiten des Gedichtbands — dorthin, wo alles begonnen hatte.

Als wüsste sie: Manche Geschichten können nur erzählt werden, wenn sie im Schweigen gereift sind.

An eben diesem Tag betrat eine Frau die Buchhandlung. Graue Augen, leise Stimme:

„Haben Sie ein Buch … eines, das von Dingen erzählt, die einst waren?"

Helena reichte ihr ohne Zögern einen Band.

Dann sah sie der Frau nach, die durch die Tür verschwand — und dachte:

Vielleicht suchen wir alle nur eines: einen schönen Weg, Lebewohl zu sagen, ohne Abschied zu nennen.

Am Abend kochte Clotilde Fisch mit Kochbananen in der Küche.

Der zarte Duft zog durchs Haus und mischte sich mit dem Rauschen der Wellen, das sich die Gasse entlangzog.

Allein öffnete Helena ihr Notizbuch und schrieb:

„Vielleicht liest das niemand. Vielleicht antwortet niemand.

Aber es ist schön, sich vorzustellen, dass irgendwo jemand auf Worte wartet, die noch nicht angekommen sind."

Sie schloss das Buch langsam — wie man ein Fenster schließt.

Und draußen drehte sich der Wind — als wolle er neue Geschichten tragen.

Andernorts, inmitten der Hinterlassenschaften eines abwesenden Bruders, öffnete ein junger Mann einen Umschlag, vergessen in einem Band portugiesischer Lyrik.

Das Papier war leicht vergilbt.

Doch die Worte — unversehrt.

Was Helena nicht wusste:

Dieser vergessene Brief begann bereits, zwei Schicksale zu verweben, die nie hätten einander begegnen sollen — und die es vielleicht doch, tief im Innersten, ersehnten.

"MANCHMAL BRAUCHT EIN BRIEF NUR JEMANDEN, DER SEINE ABWESENHEIT FÜHLEN KANN."

— KAPITEL 2

KAPITEL 3
DER ÜBERSETZER UND DIE VERLORENEN NAMEN

"ES GIBT NAMEN, DIE BLEIBEN, SELBST WENN DIE
MENSCHEN GEGANGEN SIND. UND ES GIBT
MENSCHEN, DIE BLEIBEN, SELBST WENN WIR IHRE
NAMEN VERGESSEN."
— JOSÉ LUÍS PEIXOTO

Fado erfüllte den alten Raum mit seiner traurigen, gleichmäßigen Melodie.

Caio ließ die Musik leise spielen — als suche er nur die Gesellschaft jener Sprache, die er wieder übersetzte.

Der Staub auf den hohen Fenstern schluckte das Licht, das durch sie fiel.

Das Haus seiner Großmutter — nun seins, geliehen vom Schmerz — atmete Duft von feuchtem Holz und Abwesenheit.

Überall auf dem Boden verstreut lagen ungeöffnete Kisten. Er hatte es nicht eilig.

Seit seiner Ankunft in Paraty fühlte sich alles zu sehr nach einem Anfang an.

Die unvollendete Übersetzung des Romans, den sein Bruder hinterlassen hatte, lag in losen Blättern da, übersät mit Notizen und Zögern.

Doch es war, als versuche er, das Ende eines Satzes zu fügen, der von jemandem gesprochen worden war, der nicht mehr da war.

Er öffnete eine der Bücherkisten. Der Karton knarrte, als erwache er aus langem Schlaf.

Zufällig griff er nach einem Band: *Briefe eines vergessenen Dichters*, sein blauer Einband von der Zeit verblasst.

Auf der inneren Rückseite, mit schwarzer Tinte, die Handschrift seines Bruders:

„Zu lesen, wenn Sehnsucht mehr schmerzt als Entfernung.“

R.

Caio strich sanft über die Buchstaben—als berühre er die Erinnerung selbst.

So verharrte er, reglos, lauschte nur dem leisen Knistern des Fado und seinem eigenen Herzschlag.

Er erinnerte sich an eine bestimmte Nacht, Monate vor dem Tod.

Damals hatten sie auf der Veranda des Großmutterhauses gesessen. Sein Bruder, eine halb geleerte Kaffeetasse in der Hand, hatte gesagt:

„Eines Tages wirst du es verstehen—Sehnsucht ist keine Abwesenheit. Es ist das, was bleibt, wenn Gegenwart überfließt,“ sagte er.

Caio hatte nicht geantwortet. Damals nicht, später nicht.

Er hatte nie gewusst, was er sagen sollte.

Den Brief, den er Wochen später entworfen hatte— mit jenem Satz in Anführungszeichen und einer in Metaphern verborgenen Entschuldigung—hatte er nie abgeschickt.

Als er nun das Buch aufschlug, glitt ein sorgsam gefaltetes Blatt hervor.

Er erkannte das Papier—alt, doch gut erhalten.

Er entfaltete es und las:

„An den Verfasser:

Ich bin nicht Seu Vicente. Doch ich habe deine Worte gelesen, wie man das Echo eines längst vergessenen Namens vernimmt.

Das Meer leistet mir weiterhin Gesellschaft. Und manchmal — auch die Stille.“

Jemand vom Kai

Er las es einmal. Ein zweites Mal. Ein drittes Mal.

Zunächst dachte er, es müsse sich um einen alten Austausch handeln—vielleicht eine Antwort an seinen Bruder.

Doch etwas daran gehörte nicht zur Vergangenheit.

Die Handschrift war nicht die seines Bruders. Und der Ton war kein Abschied.

Es war ein Warten. Ein stilles Warten—so wie das seine.

Er hielt das Papier mit beiden Händen—wie man etwas Zerbrechliches hält.

Atmete tief ein.

Dann setzte er sich auf den Boden, zwischen Bücher und Erinnerungen, und starrte ins Leere.

Er nahm ein Blatt und begann, eine kurze Antwort zu schreiben.

Hielt inne. Las es. Zerriss es.

Schrieb erneut.

Dann legte er alles zurück in die Kiste—alles, außer dem Brief.

Den faltete er und schob ihn in die Brusttasche seines Hemdes—wie man etwas bewahrt, das keinen Namen hat und doch geschützt werden muss.

An jenem Nachmittag verließ er zum ersten Mal seit seiner Ankunft das Haus.

Und ohne es zu wissen, trug er nun einen Brief dicht am Herzen—einen Faden, der unbemerkt begann, sein Schicksal zu verweben.

Die Kopfsteinpflasterstraßen wirkten weiter, als er sie aus Kindertagen erinnerte.

Die Stadt war dieselbe.

Doch er war es nicht mehr.

Er wusste es noch nicht—doch anderswo, in jener Buchhandlung, räumte eine junge Frau die Regale um, während eine alte Frau Netze flocht und dem Meer lauschte.

Weiter hinten, zwischen abgewetzten Buchrücken und seltenen Ausgaben, betrachtete Helena einen alten Band.

Als sie ihn aufschlug, glitt ein vergilbter Umschlag zu Boden.

Darauf, mit eleganter Hand, stand eine Jahreszahl: 1943.

Helena las, und spürte, wie die Worte durch die Zeit zu ihr sprachen:

„Sollten diese Zeilen eines Tages jemanden erreichen, so möge er wissen, dass ich tief geliebt habe—auch ohne Erwiderung."

Behutsam faltete sie den Brief und legte ihn beiseite.

Manche Worte erreichen ihr Ziel vielleicht nicht rechtzeitig.

Und doch finden sie die, die sie hören sollen.

"ES GIBT WORTE, DIE SELBST VERLOREN NOCH IHREN WEG NACH HAUSE FINDEN."

— KAPITEL 3

KAPITEL 4
EIN BRIEF, EIN NETZ, EIN KAI

„Manche Dinge lassen sich nur mit den
Augen sagen.

Und anderes versteht nur das Schweigen."
— Adélia Prado

Paraty erwachte im Duft einer gekehrten Gezeit.

Der Wind trieb feuchte Blätter über das
Kopfsteinpflaster, und der Himmel lag in einem
hauchzarten Grau—melancholisch und weich im Licht,
das er hindurchließ.

Vor der Buchhandlung hing Helena zwei kleine
Teppiche zum Trocknen auf.

Ihre Finger waren noch kalt, ihre Gedanken weit
fort.

Das feuchte Holz knarrte unter ihren Füßen.

Auf der anderen Straßenseite hielt Caio inne.

Er betrachtete die schlichte Fassade, das verblasste
Schild—*Mar e Palavra*—und atmete tief durch.

Dann trat er ein.

Die Glocke erklang—kurz und rund—und
durchbrach die weiche Stille des Morgens.

Helena hob den Blick.

Zunächst erkannte sie ihn nicht.

Doch etwas in seiner Art des Eintretens—die
Achtsamkeit, die Stille—zog ihre Aufmerksamkeit an.

Sie lächelte sanft.

„Guten Morgen."

„Guten Morgen. Haben Sie portugiesische Lyrik?"

„Ja. Bitte, folgen Sie mir."

Sie führte ihn zu den Regalen im hinteren Bereich.

Clotilde, nahe der Hintertür sitzend, flocht ein Netz, die Augen halb geschlossen.

Sie blickte über den Rand ihrer Brille—wie jemand, der den Anfang eines neuen Fadens erkennt.

Helena zog einen Band aus dem Regal — denselben blaugefassten Band, in dem der Brief gelegen hatte.

Sie reichte ihn Caio.

Er nahm ihn mit einer Sorgfalt, die nicht unbemerkt blieb.

Seine Finger glitten ehrfürchtig über den Einband.

Er las den Titel, sah dann zu ihr—einen Moment länger als nötig.

Doch er sagte nichts.

Nickte nur und trug das Buch mit sich.

Am Tresen, während sie den Preis notierte, fiel sein Blick auf ein kleines Fischernetz, das an einem Haken hing.

„Handgemacht?"

„Von meiner Großtante."

„Darf ich es auch nehmen?"

„Natürlich."

Während Helena die beiden Dinge einpackte, zog Caio leise einen kleinen Zettel aus seiner Tasche und schrieb rasch etwas mit einem kurzen Stift.

Er faltete ihn und schob ihn—ehe sie es bemerken konnte—zwischen die Knoten des Netzes.

Er zahlte, dankte ihr mit einem knappen—fast unmerklichen—Lächeln, und verließ den Laden.

Die Glocke erklang erneut, wie ein Echo des Fortgehens.

Der Morgen nahm seinen Lauf.

Kunden kamen und gingen.

Clotilde sagte nichts.

Sie flocht weiter—wie jemand, der darauf wartet, dass sich die Tage wiederholen.

Erst am Ende des Tages, als Helena das Netz aus der Auslage nahm, bemerkte sie den Zettel, der sich zwischen den Knoten verfangen hatte.

Sie entfaltete ihn.

„Manche Netze halten mehr als Fische.
Sie halten Schweigen."

C.

Einen Moment lang stand sie reglos da.

Der Laden lag bereits im Halbdunkel.

Sie hielt das Netz dicht an ihre Brust—mit jener Zärtlichkeit, die man für das aufbringt, was nicht zerbrechen darf.

In dieser Nacht ging sie hinunter zum Kai.

Setzte sich auf ihre gewohnte Steinbank.

Unter ihr murmelte das Meer—der Klang der Dinge, die kein Ende kennen.

Um sie kreisten Möwen im bleichen Himmel, ihre kurzen Rufe durchschnitten die salzige Luft.

Der Duft der Gezeiten vermischte sich mit dem Geruch von sonnengetrocknetem Seetang und einem fernen Hauch von Holzrauch.

Ein Boot knarrte leise am Steg—als atmete der Kai mit ihr.

Unter ihren Beinen war der Stein kühl und leicht feucht—und die Brise schmiegte sich an ihre Arme wie eine frische Erinnerung.

Sie ließ den Blick vom Netz zum Himmel gleiten.

Sie spürte: Jemand hatte geantwortet.

Und es war nicht nur für sie bestimmt.

Es war für etwas, das sie selbst noch nicht benennen konnte.

„Manche Netze halten mehr als Fische. Sie halten Schweigen."

C.

„ES GIBT NETZE, DIE NICHT FANGEN —
SONDERN HALTEN, WAS ZWISCHEN ZWEI MENSCHEN
UNAUSGESPROCHEN BLEIBT."
— AUS EINEM BRIEF, DER NIE ABGESCHICKT WURDE

KAPITEL 5
FRAGMENTE EINES
ABWESENDEN BRUDERS

„ABWESENHEITEN HABEN EINEN EIGENEN DUFT.
MANCHMAL GENÜGT ES, EINE SCHUBLADE ZU ÖFFNEN
— UND EINE ALTE WELT KEHRT GANZ ZURÜCK."
— VALTER HUGO MÃE

Die Nacht senkte sich über Paraty wie ein schweres Tuch, das sich über die Stadt legte.

Im alten Haus zündete Caio eine vergilbte Lampe an.

Das Licht flackerte leicht und spiegelte sich im Glas der Regale.

Das Rauschen der Gezeiten stieg an den Wänden empor—als atmete das Haus mit dem Meer.

Er setzte sich an den Schreibtisch.

Öffnete eine Schublade.

Darin: kleine Dinge, die die Zeit nicht hatte auflösen können—ein zerkratztes Feuerzeug, ein verblichener, blau bestickter Buchstreifen, ein Foto der beiden Brüder an einem Fluss.

Sein Bruder lächelte mit schiefem Mund—als gehöre es zum Spiel, die Freude zu verbergen.

Caio fuhr mit dem Finger die Konturen des Gesichts im Foto nach.

Er erinnerte sich an jene Nacht, als sein Bruder angerufen hatte—und er, zu vertieft in die Übersetzung eines schwierigen Gedichts, nicht geantwortet hatte.

„Ich rufe zurück," hatte er gedacht.

Doch er tat es nie.

Es war der letzte Anruf gewesen.

Seitdem trug er das Echo dieser Abwesenheit in sich—ein Nachhall, der nicht verklang.

Er versuchte, sich wieder der Übersetzung zu widmen.

Der unvollendete Roman seines Bruders lag vor ihm—wie ein ausgestreckter Körper.

Doch die Worte wollten nicht kommen.

Er blätterte die Seiten um.

Las die hastig notierten Randbemerkungen: Passagen über das Schweigen, die Schönheit der Pausen, Abschiede, die nie ganz abgeschlossen sind.

R.,

Ich weiß noch immer nicht, warum du keinen Brief hinterlassen hast.

Und auch nicht, ob du erwartet hast, dass ich hierher zurückkomme.

Doch jedes Mal, wenn ich das Meer höre, denke ich, vielleicht hast du Spuren hinterlassen.

Nur—die Spuren schmerzen.

Caio

Er schob das Blatt zwischen die Seiten seines Notizbuchs.

Stand auf.

Griff zu einem Buch im Regal.

Als er es durchblätterte, fiel etwas heraus—ein alter, leicht zerknitterter Brief.

Die Handschrift war die seines Bruders.

Caio las:

„Paraty ist eine Stadt von Menschen, die mit den Augen hören.

Ich habe eine Buchhandlung gefunden, in der das Schweigen mehr spricht als die Bücher.

Da ist eine Frau, die Netze knüpft, als wären es Karten der Zeit.

Ich habe eines gekauft.

Ich denke, ich werde zurückkehren."

Langsam ließ sich Caio wieder auf den Stuhl sinken.

Er sah zu dem kleinen Netz, das an der Wand hing—jenem, das er vor Tagen gekauft hatte.

Als wüsste es.

Er erinnerte sich, wie sie als Teenager gelacht hatten, als sie versuchten, zum ersten Mal ein Netz zu knüpfen.

Der Knoten war geglitten, das Netz gefallen.

Und sie auch.

Sie hatten gelacht, bis es wehtat.

Und jetzt tat alles im Schweigen weh.

In jener Nacht träumte er von seinem Bruder.

Sie standen an einem Fluss und fischten.

Sein Bruder lächelte und reichte ihm ein Netz.

„Nicht alles muss für immer zurückkehren. Manchmal genügt es zu wissen, dass es mit Liebe ausgeworfen wurde."

Als er erwachte, war der Raum von einem Licht erfüllt, das nicht von der Lampe stammte.

Das Netz schaukelte leicht—bewegt vom Luftzug durchs offene Fenster.

FÜR MEINEN COUSIN EDUARDO CHAGAS, DESSEN ABWESENHEIT MICH NOCH IMMER LEHRT, DAS ZU HÖREN, WAS DIE ZEIT NICHT TILGEN KANN.

„MANCHE TRAUER VERGEHT NIE.
SIE ÄNDERT NUR IHREN NAMEN UND LERNT, MIT UNS ZU LEBEN."
— KAPITEL 5

In der Buchhandlung ordnete Helena Bücher im Regal für regionale Literatur.

Als sie einen abgegriffenen Band aufschlug, offenbarte sich zwischen den vergilbten Seiten eine alte Geschichte über Paraty:

„Man sagt, die Gezeiten von Paraty hätten ein Gedächtnis. Sie bringen zurück, was verloren ging—sei es Muschel oder Herz."

Helena lächelte—und dachte an die Zufälle, die das Meer beharrlich zurückspült.

Am nächsten Tag kämmte Caio sein Haar, krempelte die Ärmel hoch und trat hinaus.

Er ging langsam durch die feuchten Straßen.

Die Sonne zögerte noch hinter den Wolken.

Er bog um die Ecke bei der Buchhandlung.

Durch das Glas erschien Helena—fast wie ein Spiegelbild im blassen Nachmittagslicht.

Als sie aufsah, stand das Wasser bereits hoch am Kai.

Und ohne ein Wort begann in ihr etwas überzuströmen—leise und unaufhaltsam.

KAPITEL 6
FLEUR DE SEL

„Manche Begegnungen schmecken nach
etwas Altem.
Wie Salz auf der Zunge nach einem Tauchgang.“
— Hilda Hilst

Der Morgen kam schwer, beladen mit feuchter Hitze.

Der Duft des Meeres wirkte dichter—als wäre die ganze Stadt über Nacht unter Wasser gewesen und trockne nun langsam wieder.

Helena wischte das Schaufenster mit einem feuchten Tuch, als sie Caio auf der gegenüberliegenden Straßenseite sah.

Sie hatte ihn nicht erwartet.

Aber überrascht war sie auch nicht.

Ihre Blicke trafen sich.

Einen Moment länger, als es der Anstand erlaubte.

Er lächelte mit den Augen; sie mit dem Winkel ihres Mundes.

Die Glocke über der Tür erklang.

„Guten Morgen,“ sagte er, wie jemand, der ein geliehenes Zuhause betritt.

„Guten Morgen,“ erwiderte Helena und strich sich das Haar zurück—mit jener feinen Geste, die ein anderes verbergen will.

„Suchen Sie etwas Bestimmtes?“

„Etwas über Aufbrüche," antwortete er nach kurzem Zögern. „Oder über Heimkehr."

Sie dachte einen Moment nach.

Ging zu einem der hinteren Regale und zog einen leinengebundenen Band hervor: *Atlantische Gedichte*.

„Dieses hier schmeckt nach Wind—und nach Bleiben.
Es handelt ein wenig davon, denke ich."

Er nahm das Buch, blätterte langsam darin.

Zwischen den Seiten fand er ein kleines Lesezeichen: eine *Fleur de Sel*, gepresst zwischen Pergamentpapier.

„Fleur de Sel?" fragte er neugierig.

„Eine kleine Angewohnheit von mir," sagte Helena. „Manchmal bewahrt Salz Erinnerungen."

Die Worte blieben in der Luft hängen—wie der Duft des Meeres, der durch die Ritzen des Fensters drang.

Draußen erreichte sie das rhythmische Geräusch der Wellen gegen Stein—gedämpft, doch beharrlich—wie ein trotzendes Herz.

In der Ferne stritten zwei Fischer, ihre Stimmen vom Raum verzerrt.

Der Geruch trocknender Netze, die auf der Veranda lagen, mischte sich mit dem Salz, das von der vollen Flut noch in der Luft hing.

Clotilde saß im hinteren Teil des Ladens und nähte.

Sie sprach nicht, doch sie sah—mit den Augen.

Ihre Finger folgten einem alten Rhythmus, als würden sie die Zeit selbst vernähen.

Caio trat mit dem Buch zur Theke.

Er betrachtete Helena, als sei da etwas an ihr—zu vertraut, um ganz neu zu sein.

„Ich mag diese Buchhandlung," sagte er beim Bezahlen. „Sie scheint zuzuhören."

„Das tut sie," erwiderte Helena. „Manchmal sogar, bevor wir sprechen."

Er zögerte einen Moment.

Dann nahm er die Tüte, dankte ihr und ging.

Die Glocke erklang erneut.

Helena blieb hinter der Theke stehen.

Sie blickte auf die *Fleur de Sel*, die er auf dem Tisch zurückgelassen hatte.

Strich mit den Fingern darüber.

Spürte eine feine Rauheit.

Sie steckte sie in die Tasche ihrer Schürze—wie man ein zartes Geheimnis behütet.

In jener Nacht öffnete Caio einen der Briefe, die er aufgehoben hatte.

Las leise:

„Manchmal leistet auch das Schweigen Gesellschaft."

Er erinnerte sich an ihre Worte über das Salz.

Das Echo regte sich in ihm.

Und zum ersten Mal dachte er: Vielleicht war sie ihm vertrauter, als die Zeit es verriet.

Später schrieb Helena:

„Heute errötete der Himmel in verbranntem Orange, und der Duft von Meeresluft fegte durch die Stadt.

Die Blätter tanzten im sanften Wind, und die Steine der Straßen hielten noch die Wärme des Tages.

Ich dachte an dich in jedem Detail. Nicht in Worten— sondern im Empfinden."

Sie faltete den Brief.

… und schob ihn leise zwischen die Seiten von *Atlantische Gedichte*—dorthin, wo Worte atmen dürfen.

„MANCHE GEGENWARTEN SIND WIE FLEUR DE SEL: KAUM SICHTBAR — UND DOCH VERÄNDERN SIE DEN GESCHMACK VON ALLEM."

— KAPITEL 6

KAPITEL 7
WELLEN, DIE
ERINNERUNGEN TRAGEN

„ES GIBT ERINNERUNGEN, DIE SCHLAFEN WIE
MUSCHELN AUF DEM MEERESGRUND.
EIN EINZIGER IMPULS GENÜGT — UND DIE GEZEITEN
BRINGEN SIE ZURÜCK."
— RUPI KAUR

Der Abend tauchte Paraty in warmes, goldenes Licht.

Helena saß auf dem Kai, ein geöffnetes Buch auf dem Schoß — doch ihre Augen lasen nicht.

Sie trieben auf Wellen der Gedanken, hafteten an den Wellenkämmen, die mit dem Rhythmus eines uralten Atems gegen die Steine schlugen.

Der Duft von Salz und nassem Holz war derselbe wie in jenen Kindertagen, in denen sie geglaubt hatte, das Meer würde Antworten geben — wenn man nur geduldig genug lauschte.

Ein paar Meter entfernt, auf einer Steinbank sitzend, blickte Caio auf denselben Horizont.

Er hatte sie nicht kommen sehen.

Und sie hatte ihn nicht bemerkt.

Dennoch teilten sie dasselbe Schweigen — als hörten sie einer gemeinsamen Erinnerung zu.

Da schloss Helena langsam ihr Buch.

Sie hob den Blick zum Meer — und dann, fast unwillkürlich, wandte sie ihn ab.

In diesem Moment jedoch trafen sich ihre Blicke.

Caio, überrascht, zögerte.

Helena ebenso.

Für einen flüchtigen Augenblick schien sich ein Gestus zu formen — ein Nicken, ein Wort.

Doch es kam nicht.

Beider Atem stockte.

Der Moment, der eine Begegnung hätte werden können, zerfiel wie Schaum.

Helena senkte den Blick und nahm das Buch an sich.

Caio wandte seine Augen zurück zum Horizont.

Doch etwas hatte sich verändert.

Am nächsten Morgen sortierte Helena Bücher im Antiquariat, als Clotilde mit einem leinengebundenen Band erschien.

„Dieser hier lag vergessen im Verlorenen-Regal", sagte sie und reichte ihn ihr.

Helena schlug ihn auf der hinteren Innenseite auf.

Ein handschriftlicher Name: R. — dieselbe Initiale, die sie in den Briefen des Bruders gesehen hatte.

In den Randbemerkungen: unterstrichene Sätze.

Einer davon identisch mit jener anonymen Notiz, die sie vor Wochen gelesen hatte.

Ihr Herz zog sich zusammen.

Einen Moment lang dachte sie daran, ihren Namen am unteren Rand der Seite zu schreiben — wie jemand, der zurückgibt, was ihm nie wirklich gehörte.

Doch sie zögerte.

Stattdessen strich sie nur mit den Fingern über den Rand — wie jemand, der markiert, ohne zu markieren.

Währenddessen schlenderte Caio durch das historische Zentrum.

Er trat in ein kleines Café, geschmückt mit alten Fotografien.

Ein Aquarell zog seine Aufmerksamkeit auf sich: ein Mädchen, das auf dem Kai saß, ein Buch im Schoß.

Der Cafébesitzer bemerkte:

„Sie kam früher fast jeden Nachmittag hierher. Seit sie klein war. Immer am selben Platz lesend.
Man sagt, das Meer war das Einzige, dem sie wirklich zugehörte."

Caio schwieg.

Er betrachtete das Bild erneut.

Etwas daran war ihm vertraut.

Die Linie ihres Haares, die Art, wie sie das Buch hielt.

Er wollte nach ihrem Namen fragen — doch tat es nicht.

Als wüsste er es irgendwie — und dürfte es noch nicht wissen.

„Heute errötete der Himmel in verbranntem Orange, und der Duft von Meeresluft fegte durch die Stadt.
Die Blätter tanzten im sanften Wind, und die Steine stählten noch die Wärme des Tages.
Ich dachte an dich in jedem Detail. Nicht in Worten — sondern im Empfinden."

Helena

Sie versandte ihn nicht.

Sie faltete ihn sorgfältig und legte ihn zwischen die Seiten des Buches, das Clotilde ihr gegeben hatte.

Daneben legte sie auch die Fleur de Sel — nun trocken und knusprig, als hätte die Zeit selbst sie gesegnet.

... und stellte es auf die Ladentheke — als wartete es dort auf jemanden.

Aus der Ferne beobachtete Clotilde, ohne zu fragen.

Sie sagte nur:

„Die Wellen bringen zurück, was wir vergessen haben zu suchen."

In dem Haus, in dem er wohnte, träumte Caio vom Meer.

Im Traum reichte ihm jemand ein Buch.

Auf dem Einband zog sich eine feine Linie — irgendwo zwischen Fäden und Wegen.

Als er erwachte, wusste er:

Er würde an diesem Tag in die Buchhandlung zurückkehren.

„Manche Erkennungen brauchen keinen Namen.

Es genügt, wenn zwei Abwesenheiten einander erkennen."

— Kapitel 7

KAPITEL 8
WORTE, DIE NIE VERSETZT WERDEN

„ES GIBT WORTE, DIE ERST NACH ALL DEM
SCHWEIGEN EINE STIMME FINDEN.
UND MANCHMAL – NICHT EINMAL DANN."
— ADÉLIA PRADO

Am späten Nachmittag fiel schräges Licht durch die Buchhandlung und vergoldete die Regale — als träge jedes Buch darin einen Sonnenuntergang.

Helena stellte die Auslage still zusammen.

Draußen schien die Stadt zwischen Atemzügen zu schweben — ohne Eile, ohne drängenden Laut.

Sie entschied sich, eines der alten bestickten Stücke wieder aufzuhängen, das Clotilde einst vergessen hatte.

Warum, wusste sie nicht genau.

Vielleicht, weil das Schweigen zwischen ihnen zu schön geworden war, um keinen Ausdruck zu finden.

Vielleicht, weil sie Dinge mochte, die Gesten bewahren.

Als sie den Stoff entrollte, fiel ein zusammengefalteter Zettel zwischen den Fäden hervor.

Sie beugte sich hinab und hob ihn behutsam auf.

Es war ein vielfach gefaltetes Blatt — als habe jemand etwas verbergen und zugleich sicherstellen wollen, dass es gefunden würde.

Die Handschrift war ihr vertraut: fein, ruhig, mit jenem leichten Schwung, wie ihn jemand schreibt, der im Schweigen schreibt.

„Möge der Faden forttragen, was beschwert, und nur das zurückbringen, was schlägt."

Helena

Helena las — und las erneut.

Sie wusste, ohne fragen zu müssen:

Dies war eines jener Stücke, die Clotilde vor Jahren gefertigt und für den Kirchenbasar gespendet hatte.

Sie dachte an Caios Bruder.

Sie dachte an den namenlosen Brief.

Sie dachte an seine Trauer.

Das Stück hatte ihm gehört — und war durch fremde Hände zurückgekehrt.

Sie setzte sich auf den Boden.

Das bestickte Tuch im Schoß, den Zettel zwischen den Fingern.

Sie weinte nicht.

Aber sie atmete, als wollte sie das ganze Meer schlucken.

Sie legte den Zettel in einen Umschlag und verbarg ihn in einem zweiten Band, aus derselben Reihe wie das Buch, das Caio einst gewählt hatte.

Sie dachte daran, einen Brief zu schreiben.

Doch tat sie es nicht.

Sie stellte sich nur vor, wie Worte trieben — wie Papierboote ohne Hafen.

Später, während sie den Boden der Buchhandlung fegte, hörte sie Schritte.

Ihr Herz wusste es, bevor ihre Augen es sahen.

Es war er.

„Guten Nachmittag," sagte Caio leise.

„Guten Nachmittag."

„Ich suche ein Buch … irgendeines, das von Dingen erzählt, die nicht zurückkehren."

Sie nickte.

Ging ohne weitere Frage zum Regal.

Wählte einen Erzählband.

Als sie es ihm reichte, berührten sich ihre Finger für einen flüchtigen Moment am Papierumschlag.

Es war nicht viel.

Aber es war auch nicht wenig.

Sein Blick traf den ihren.

Und etwas schwebte darin — eine Frage, die keiner zu stellen wagte.

Bevor er ging, blieb Caio vor dem aufgehängten bestickten Tuch stehen.

„Das gefällt mir," murmelte er und berührte die Fäden. „Es scheint das zu halten, was keine Form hat."

Ihr Blick folgte ihm.

Das Schweigen zwischen ihnen spannte sich — wie Faden in einer alten Naht.

Es gab keine Geste zu viel — und doch war alles erfüllt.

Er ging.

Die Glocke über der Tür erklang mit einer schönen Traurigkeit.

Helena ging hinunter zum Kai.

Setzte sich auf die Steinbank.

Der Himmel war fast Nacht.

Sie zog ein gefaltetes Blatt aus ihrer Tasche — einen alten Brief, nie versendet.

„Vielleicht schreibe ich an jemanden, der nicht mehr existiert.

Vielleicht schreibe ich an mich selbst."

Helena

Sie legte den Brief zurück.

Das Meer lag still.

Doch in ihr rollten die Wellen weiter — unerbittlich, wortlos.

Zum ersten Mal spürte sie etwas, das an Verlangen grenzte.

Und eine leise Schuld, jemanden zu begehren, der so nah an der Abwesenheit eines anderen stand.

„ES GIBT BRIEFE, DIE NIE VERSCHICKT WERDEN.

UND DOCH WISSEN SIE, WIE MAN ZURÜCKKEHRT."

— KAPITEL 8

In dem geliehenen Haus zündete Caio in derselben Nacht die Ecklampe an.

Leiser Regen fiel gegen die Fensterscheiben.

Er breitete die Seiten der Übersetzung auf dem Tisch aus — doch seine Augen fanden die Worte nicht.

Neben ihm lag das Buch, das sie ihm gegeben hatte — das Lesezeichen noch zwischen den Seiten.

Er nahm ein Briefpapier.

Seine Hand zögerte.

Was sollte man sagen, wenn alles längst im Schweigen gesagt war?

Und doch begann er zu schreiben:

„Es gibt Fragen, die ich nur im Schweigen zu stellen wage. Und ein Verlangen, das gerade deshalb wächst, weil ich nicht weiß, ob du es teilst."

Caio

Er hielt inne.

Las es erneut.

Sein Brustkorb spannte sich — leicht, tief.

Er faltete das Blatt sorgfältig.

Steckte es nicht in einen Umschlag.

Legte es nicht ins Netz.

Er schob es einfach ins Buch — wie man ein Geheimnis bewahrt, das noch nicht bereit ist zu atmen.

Draußen drehte sich der Wind.

Und auch in ihm begann sich etwas zu drehen.

KAPITEL 9
BRIEFE, DIE NIE ANKAMEN

„MANCHMAL GEHT DER BRIEF VERLOREN.
MANCHMAL KOMMT NIE DER MUT, IHN ZU
VERSCHICKEN."

— CECÍLIA MEIRELES

Der Tag dämmert unter tiefen, schweren Wolken – als atmete die Welt hinter Schleiern.

Die Buchhandlung verströmte den Duft von feuchtem Holz und frisch aufgebrühtem Hibiskustee.

Helena bewegte sich langsam zwischen den Regalen, ordnete die Bücher mit einer Sorgfalt, die an ein Ritual grenzte.

Die Glocke über der Tür erklang mit einer gebändigten Dringlichkeit.

Ein Mann trat ein, ein abgenutztes Buch in zitternden Händen.

„Verzeihen Sie, dass ich so hereinstürze," sagte er. „Ich habe dieses Buch in einem Antiquariat in Niterói gekauft. Aber da war etwas darin … ein Brief. Ich weiß nicht, ob er für mich bestimmt war. Ich habe ihn zurückgebracht. Ich dachte, es wäre richtig."

Helena nahm den Band.

Sie erkannte den Einband.

Es war eines jener Bücher, die Clotilde vor Monaten von einem anonymen Spender erhalten hatte.

Sie öffnete es vorsichtig.

Darin, vierfach gefaltet, lag ein Brief.

R.,

*Nach Paraty zurückzukehren, fühlt sich an, als ginge ich
auf den Spuren dessen, der ich nicht mehr bin.*

*Doch manches bleibt: der Geruch von Regen, der Klang,
der noch im Schweigen widerhallt, der Name, den ich noch
immer nicht ohne Schmerz aussprechen kann.*

*Vielleicht schreibe ich, weil ich deine Stimme noch höre –
wie ein altes Lied.*

Ich habe noch immer das Gefühl, dass jemand wartet.

C.

Helena hielt den Atem an.

Der Brief war nicht für sie — und doch war er es.

Nicht im Namen, sondern in der Geste, in der
Stimme, die zwischen den Zeilen klang.

Und es schmerzte, weil es Teil einer Geschichte war,
die nicht die ihre war.

Sie setzte sich auf den Boden, gleich dort neben das
Regal.

Die Hände im Schoß, das geöffnete Blatt darin. Und
sie blieb so — für eine ungezählte Zeit.

Die Welt ringsum schien mit ihr zu warten.

„Warum warte ich noch immer auf eine Geste, die
vielleicht nie kommt?" dachte sie — überrascht von der
Bitterkeit, die durch ihre Brust zog.

Sie legte den Brief langsam beiseite.

Sie sagte nichts zu Clotilde.

Die Uhr ging weiter.

Die Stadt auch.

Doch sie blieb gefangen zwischen zwei Zeilen —
der, die sie gelesen hatte, und der, auf die sie keine
Antwort wusste.

Später stieg Helena auf den Dachboden.

Clotilde schlief in einer Hängematte an der Wand.

Helena bewegte sich vorsichtig zwischen den Balken,
bis sie ein altes Netz fand — aus dunklen Leinenfäden
gewebt.

Sie setzte sich auf den Boden.

Nahm Papier und Feder.

Doch bevor sie schreiben konnte, unterbrach das
Klingeln der Tür sie.

Als sie die Treppe hinabkam, fand sie einen
Umschlag auf der Schwelle.

Er war von Caio.

Sie öffnete ihn behutsam.

Las jede Zeile, als würde sie ihre eigene Seele
berühren.

Seine Worte klangen in ihr wider — Gefühle, für die
sie selbst noch keine Worte gefunden hatte.

Sie setzte sich erneut, das Papier in den Händen.

Sie lächelte.

Vielleicht kommen manche Antworten, bevor die
Fragen überhaupt gestellt sind.

Am nächsten Tag, als sie die Straße überquerte, sah
sie Caio bereits an einem der eisernen Tische am Kai
sitzen.

Er hob leicht die Hand.

Sie erwiderte es mit einem zurückhaltenden Lächeln.

„Darf ich mich zu dir setzen?" fragte sie.

„Immer."

Sie saßen sich gegenüber.

Der Tisch war zu klein für das Schweigen, das sie zwischen sich trugen.

In der Ferne zog ein Motorboot vorbei, hinterließ schäumende Spuren und einen tiefen Klang, der bald verklang.

Der Duft von Salzwasser mischte sich mit dem süßen Aroma der Blumen vom nahen Platz.

Ein verirrter Faden eines vergessenen Netzes hatte sich an Helenas Stuhlbein verfangen, und ihre Finger spielten beinahe unbewusst mit seiner Rauheit.

„Wie geht es der Buchhandlung?" fragte er und rührte langsam den Zucker.

„Leicht — als würde sie auf etwas warten. Oder auf jemanden."

Er lächelte mit den Augen, doch die Geste verharrte auf halbem Weg.

„Jemand?" wiederholte er, bemüht, beiläufig zu klingen.

„Ein alter Freund pflegte zu sagen, Bücher wüssten eher als wir, wenn sich etwas ändern will," antwortete Helena und blickte in ihre Tasse, als lese sie darin eine gedachte Botschaft.

Caio nickte, doch das Schweigen, das folgte, trug ein neues Gewicht.

Er fragte sich, ob jener Jemand noch zu ihrer Geschichte gehörte.

Er fragte sich, ob er zu spät gekommen war.

Seine Finger trommelten leicht auf den Tisch, bevor sie innehielten — als hätten sie ihre eigene, unangebrachte Eifersucht erkannt.

„Vielleicht verwechsle ich die Zeit der Worte mit der Zeit des Herzens..." dachte er, sagte es aber nicht.

„Verzeih," sagte er leise. „Es steht mir nicht zu."

Helena berührte seine Hand, ein wissendes Lächeln auf den Lippen.

„Wir alle haben Geschichten, Caio. Manche gehen noch neben uns. Andere sind fort. Aber keine davon löscht, was wir jetzt bauen."

Er atmete tief ein, sein Blick traf den ihren mit neuer Klarheit.

„Und vielleicht ist es genau das, was uns ausmacht."

„Ich mag deine Metaphern," sagte er nach einer Weile.

„Welche?" fragte sie, ohne ihn anzusehen.

„Die von der Abwesenheit, die noch nachklingt. So etwas habe ich irgendwo gelesen..."

Sie erstarrte für einen Moment.

Es war ihr Satz.

Oder seiner.

Er hatte in einem der Briefe gestanden.

Doch sie fragte nicht.

Und er erklärte es nicht.

Der Kaffee war ausgetrunken.

Die Tassen blieben auf dem Tisch zurück — wie Muscheln, die alte Klänge bewahren.

Sie gingen auseinander — mit einem vagen Versprechen eines Wiedersehens.

Jeder trug das Schweigen des anderen in der eigenen Tasche.

Zurück in der Buchhandlung flocht Helena eine Notiz in die Knoten eines alten Netzes und hing es ins Fenster.

In jener Nacht kam Caio vorbei.

Er ging ohne Eile — wie jemand, der auf etwas wartet, ohne zu wissen, was.

Er sah das erleuchtete Fenster.

Blieb stehen.

Trat näher.

Dort, zwischen den Fäden, war die Notiz.

Gefaltet wie ein angehaltener Atemzug.

Er erkannte die Handschrift.

Las mit den Augen.

Fühlte mit der Brust.

Er ging nicht hinein.

Er blieb einfach stehen und sah.

Wie einer, der das Geheimnis nicht wecken will.

Einen Moment lang neigte sich sein Körper einen halben Schritt nach vorn — dann hielt er inne.

Der Gedanke kam wie eine unerwartete Welle — und blieb, leise und tief.

Auf der anderen Seite der Scheibe bewegte sich Helena ebenfalls nicht.

Sie blätterte in einem Buch, die Hände ruhig, das Herz wachsam.

Das Schweigen zwischen ihnen hing wie Morgennebel — verschleierte Wege, die beide noch zu gehen fürchteten.

Ein verirrter Faden des Netzes schwang lose, verfangen am Haken unter der Decke — wie eine Erinnerung, die nicht loslassen will.

> „WENN DU NOCH LIEST, DANN WEIL ETWAS
> ZWISCHEN UNS NICHT VORBEI IST.
> UND VIELLEICHT NIE SEIN MUSS."

> „ES GIBT GESTEN, DIE ALLES SAGEN – UND GERADE
> DARUM ANGST MACHEN."
> — KAPITEL 9

KAPITEL 10
DAS BUCH, DAS FÜR UNS SPRICHT

„WENN WIR NICHT WISSEN, WIE WIR SPRECHEN
SOLLEN, SPRECHEN MANCHMAL BÜCHER FÜR UNS.
UND WER MIT DEM HERZEN HÖRT, VERSTEHT ALLES."
— MIA COUTO

Regen rann mit der Geduld alter Dinge die Rinnen des historischen Zentrums hinab.

Die Stadt schien zwischen den Stunden zu schweben.

In der Buchhandlung vermischte sich das Prasseln des Regens auf dem Dach mit dem Rascheln der Seiten.

Helena blätterte in Büchern – suchend, ohne zu suchen.

Clotilde war früh gegangen, mit einer vagen Bemerkung darüber, ihre Cousine auf dem Hügel besuchen zu wollen.

Helena ahnte: Diese Abwesenheit war inszeniert.

Die Buchhandlung gehörte heute ganz ihr — und ihm.

Die Glocke über der Tür erklang.

Caio trat ein, mit geschlossenem Regenschirm und Augen, die noch den Regen trugen.

Er grüßte zuerst mit den Augen, ehe seine Stimme sich formte.

„Heute scheint alles langsamer zu sein," sagte er.

„Ich glaube, die Stadt genießt den Regen," erwiderte sie.

Sie setzten sich zwischen die Regale.

Die Zeit nahm andere Maße an.

Sie sprachen über Bücher. Über starken Kaffee. Über Geschichten mit offenen Enden.

Die Worte kamen behutsam, kreisten um das, was noch nicht berührt werden konnte.

„Ich habe ein Buch für dich," sagte Helena leise.

Sie reichte ihm eine Sammlung von Erzählungen über Wiedersehen.

Der Band war alt, mit rauem Einband und vergilbten Seiten.

Caio öffnete ihn langsam.

In den Randnotizen: Bleistiftspuren.

Durchgestrichene Sätze. An den Ecken umgefaltete Herzen.

Und auf einer zentralen Seite: ein loser Zettel.

„Ist es möglich, jemanden zu erkennen, bevor man ihn kennt?"

Helena

Caio richtete seinen Blick auf diese Frage.

Und plötzlich schien sich alles zu fügen: das Rauschen des Meeres draußen, das Netz, das er einst unwissend gekauft hatte, der Brief im Buch seines Bruders, Helenas Schweigen.

Als hätte alles von Anfang an ihren Namen gesprochen — ohne ihn zu nennen.

Er sah zu Helena.

Sie tat so, als würde sie einen Bücherstapel neben sich ordnen — doch ihre unbewegten Finger verrieten das lautere Schweigen.

Keiner von beiden sprach.

Das Buch lag zwischen ihnen. Warm. Lebendig.

Caio schloss den Band.

„Darf ich es ausleihen?"

„Natürlich," antwortete sie — mit einer Festigkeit, die sie nicht empfand.

Er ging zur Tür.

Blieb stehen. Drehte sich mit einem leisen Lächeln um und sagte:

„Manche Bücher sagen nichts. Andere … sagen alles. Auch wenn niemand sie laut liest."

Sie nickte nur.

Sie wollte etwas sagen. Eine Geste, eine Einladung — irgendetwas, um diesen Moment noch ein wenig zu halten.

Doch sie blieb, wo sie war — wie eine Seite, die sich nicht umzublättern traut.

Und ihre Augen folgten ihm bis zum letzten Augenblick.

Als er ging, kehrte Stille in die Buchhandlung zurück.

Doch das Buch, das auf der Theke lag, hielt Stimmen fest.

„ES GIBT BEGEGNUNGEN, DIE AUS FURCHT VERSTUMMEN.

UND ES GIBT BÜCHER, DIE ANSTELLE JENER SCHREIEN, DIE IN DER STILLE LIEBEN."

— KAPITEL 10

In dem geliehenen Haus, in dem er wohnte, schlug Caio das Buch erneut auf.

Er las den Satz.

Nahm ein Blatt Papier.

Schrieb eine Antwort.

„Vielleicht wusste ich es längst. Nicht deinen Namen – aber den Rhythmus deines Wartens."

Caio

Er faltete es behutsam.

Schob es zwischen die Seiten – wie man etwas pflanzt, ohne zu wissen, ob es blühen wird.

Doch er wusste nicht, ob er den Mut finden würde – oder ob das Buch selbst den Weg wählen müsste.

EXTRA-KAPITEL
DER BRIEF AUS DEM ALTEN NETZ

„MANCHE BRIEFE VERLANGEN KEINE ANTWORT.
SIE MÜSSEN NUR EXISTIEREN —
DAMIT JEMAND WEIß, DASS ER GELIEBT WURDE.
SELBST IM SCHWEIGEN."

Das Gewebe der Erinnerung gleicht dem eines Netzes: aus Knoten, Zwischenräumen und Warten geflochten.

Ich erinnere mich an den Tag, an dem ich jenen Brief schrieb.

Es war im April.

Der Himmel weinte bereits seine ersten Herbstregen — und ich begann mein erstes Schweigen.

Er war in der Woche zuvor gegangen.

Hatte gesagt, er käme zurück.

Er hatte es nie versprochen.

Doch er hinterließ einen Blick, der blieb — und in diesem Blick habe ich mich verloren.

Im Wohnzimmer meiner Mutter, mit seinem abgetretenen Hydraulikfliesen-Boden und Wänden, die nach Kampfer und Feigenkonfitüre dufteten, schrieb ich — in jener Handschrift, die sie mich gelehrt hatte: ruhig, doch mit weichen Bögen.

Die blaue Tinte verlief leicht auf dem Papier — vielleicht aus Eile, vielleicht aus Tränen.

„Wenn du eines Tages an mich denkst,
werde ich wissen, dass ich nicht allein geträumt habe."

[Unterschrift]

Ich faltete es sorgfältig und verbarg es dort, wo ich alles barg, was wehtat: im Saum eines alten Netzes, gewebt von den Händen meiner Großmutter.

Es war unser Zufluchtsort im Garten, unter Passionsblumenranken und dem Duft regennasser Erde.

Dort floss die Zeit langsamer.

Versprechen schienen möglich.

Die Zeit verging.

Menschen kamen, Menschen gingen.

Der Brief blieb.

Ich habe ihn nie verschickt — und wusste nicht, wohin.

Manche Lieben sterben nicht — sie verwehen nur.

Heute liegt das Netz noch immer da — und auch der Brief.

Ich fand ihn heute Morgen, während ich versuchte, alte Erinnerungen fortzuwaschen.

Das Papier ist vergilbt, doch die Worte atmen noch.

Ich habe nicht geweint.

Ich ließ ihn einfach auf dem Tisch liegen, entfaltet, neben der Stickerei.

Wer weiß, dachte ich — vielleicht findet er andere Augen. Jemanden, der versteht, dass auch Liebe ein Erbe ist. Selbst wenn sie nie gelebt wurde.

Helena kam vorbei.

Sie hob den Brief auf.

Las ihn schweigend.

Sie sah mich nicht an — doch sie seufzte, als erkenne sie alten Schmerz in gegenwärtigen Gesten.

Ich lächelte — nach innen.

„Die Netze, die wir behalten," sagte ich, „sind jene, die uns von innen her zusammennähen."

Denn ich weiß: Manche Briefe verlangen keine Antwort. Sie müssen nur existieren — damit jemand weiß, dass er geliebt wurde. Selbst im Schweigen.

KAPITEL 11
UNVOLLKOMMENE
ÜBERSETZUNGEN

„ALLES, WAS UNAUSGESPROCHEN BLIEB, EXISTIERT
NOCH IMMER ZWISCHEN UNS.
DOCH JETZT HAT ES EINEN NAMEN, EIN GESICHT UND
EINE STIMME."
— OCEAN VUONG

Caio tippte mit der Langsamkeit dessen, der Gefühle übersetzt, bevor Worte entstehen.

Die Passage sprach von einer Liebe, die an einem Schreibfehler zerbrach.

Ein einziger fehlplatzierter Buchstabe. Eine übersehene Abwesenheit.

Neben der Schreibmaschine lag das Buch, das Helena ihm geliehen hatte — aufgeschlagen.

Ihr Zettel ruhte zwischen den Seiten — als hielte er die Luft selbst.

Während er die Sätze neu fasste, erkannte er: Helenas Worte — in Briefen, in Gesprächen — fanden hier ein Echo.

Metaphern von Gezeiten, von Netzen, von Schweigen.

Zu viele Zufälle.

Oder Wahrheiten, die von Anfang an ungesagt blieben.

Beim erneuten Lesen ihres Zettels zog sich etwas in Caios Brust zusammen.

Die Art, wie Helena schrieb — knapp, doch tief — erinnerte ihn an die Notizen, die sein Bruder früher im Haus hinterlassen hatte.

Ein Wort hier, eine Metapher dort.

Als hätte er Caio lehren wollen, dem Schweigen zuzuhören, bevor er die Sprache des Verlusts verstand.

Auf dem Stapel neben seinem Schreibtisch schien das unvollendete Manuskript seines Bruders ihn zu rufen.

Caio blätterte durch die Seiten.

Las die Randnotizen.

Eine ließ ihn innehalten:

„Manche Begegnungen lassen sich nicht erklären. Sie werden einfach erkannt."

Die Worte waren nicht nur die seines Bruders.

Sie waren seine.

Oder vielleicht nun auch Helenas.

Als wäre alles schon immer da gewesen — und erst jetzt konnte er es lesen.

In der Buchhandlung las auch Helena.

Kein Buch — sondern die Briefe, die sie aufbewahrt hatte.

Darunter auch den, den Caio geschrieben hatte.

Er hatte ihn in einem Band des Prosa-Regals hinterlassen — unauffällig, leise, unverkennbar.

Seine Handschrift.

Die Pausen.

Die Stimme.

Sie wusste es.

Am selben Tag gingen sie, ohne es zu wissen, in entgegengesetzten Richtungen zum selben Ort.

Helena war zuerst da.

Sie setzte sich an den Rand des Kais.

Die Flut stieg sachte.

Sie zog einen Brief aus der Tasche ihres Kleides.

Sie hatte ihn am Morgen geschrieben.

Zum ersten Mal — unterzeichnet.

Sorgfältig faltete sie ihn und schob ihn in die Knoten des Netzes, das Clotilde dort gelassen hatte.

„Ich musste nicht wissen, dass du es bist.

Ich musste nur erkennen, was sich in mir regte, als du erschienst."

Helena

Stunden später fand Caio den Brief.

Das Netz schwankte leise im Wind — als atmete es.

Der Zettel war da — als wäre er schon immer gewesen.

Er las ihn.

Er weinte nicht — doch Salz trat ihm in die Augen.

Er nahm den Brief, den er Tage zuvor geschrieben hatte — unvollendet.

Beide legte er in die Tasche über seinem Herzen.

Gegen Abend kreuzten sich ihre Wege in einer Seitenstraße.

Zufall — oder Schicksal — stellte sie einander gegenüber.

Sie hielten inne.

Die Welt hielt mit ihnen inne.

Caio trug das Buch.

Helena die Tasche mit dem Netz.

Sie sahen einander an — wie Menschen, die sich nach langer Zeit wiedersehen, auch wenn sie nie wirklich verloren waren.

„Vor der Trauer bin ich weggelaufen," sagte er, die Augen fest auf ihre gerichtet.

„Doch dich zu finden … jetzt ist es nicht mehr die Abwesenheit, die mir Angst macht.
Es ist die Möglichkeit von Nähe."

Helena antwortete nicht — doch ihr Blick wich nicht.

Dasselbe leichte Schwindeln darin.

Er machte einen zögernden Schritt nach vorn.

In Helenas Blick — kein Zurückweichen.

Nur ein geteiltes Schwindeln.

Die Umarmung kam ohne Vorwarnung.

Ruhig. Lang.

Die Wärme seiner Hände auf ihrem Rücken.

Der Duft von Regen im Stoff ihres Kleides.

Das gedämpfte Geräusch von Caios Brust an Helenas Wange.

Keine Worte. Und doch war alles gesagt.

Als sie sich lösten, lag noch immer Stille um sie.

Doch es war eine andere Stille. Eine volle.

Er lächelte.

Sie nickte.

Und sie gingen auseinander — ohne ein weiteres Treffen zu verabreden.

Doch sie wussten jetzt: Was ihres war, hatten sie längst erkannt.

Während sie ging, spürte Helena das sanfte Gewicht des Netzes in ihrer Tasche.

Sie dachte: Manche Fäden bleiben — selbst wenn die Hände sie loslassen.

Als er um die Ecke bog, erinnerte sich Caio an einen alten Satz von Clotilde:

„Gute Netze muss man in die Sonne legen — um das zu trocknen, was vergeht, und nur das zu bewahren, was bleibt."

Er dachte an ihre Worte.

Der Brief zwischen ihnen war jetzt wie eine unsichtbare Naht — fest e

doch locker — wie einer liebt, der nicht fesseln will.

„MANCHE ÜBERSETZUNGEN SIND
UNVOLLKOMMEN.
DOCH SIE SAGEN — MIT ALL IHREN FEHLERN — GENAU
DAS, WAS DAS HERZ SAGEN WOLLTE."
— KAPITEL 11

KAPITEL 12
GEHEN HEISST AUCH BLEIBEN

„MANCHE ABSCHIEDE SCHMERZEN, WEIL SIE DIE LEISESTE ART SIND, ZU BLEIBEN."

— ADÉLIA PRADO

Der Kai war an diesem Vorfeiertag belebter als sonst.

Kinder rannten, Touristen posierten, Boote legten an – und der salzige Duft von Überfahrt lag in der Luft.

Mitten darin ging Caio langsam, zog einen kleinen Koffer hinter sich her.

Er blickte nicht auf die Gesichter.

Nur auf das Meer.

Als wollte er das Schweigen zwischen zwei Wellen einprägen.

In der Buchhandlung verschloss Helena eine Spendenkiste, als ihr Magen plötzlich schwer wurde.

Es war windstill – und doch bewegte sich der Türvorhang.

Aus dem Hof sprach Clotilde, ohne aufzusehen:

„Manche gehen ohne Koffer.

Sie nehmen nur mit, was wir nicht sehen können."

An diesem Morgen packte Caio die letzten Bücher.

Die Übersetzung war abgegeben.

Das Haus – geleert.

Doch das, was schwer auf ihm lag, war ein anderes Schweigen.

Er schrieb einen letzten Brief.

Faltete ihn sorgfältig.

Schob ihn in seine Tasche.

Vielleicht würde er ihn überreichen.

Vielleicht nicht.

Am Abend betrat er die Buchhandlung.

Helena blickte auf.

Er hielt das Buch, das sie ihm geliehen hatte.

„Ich wollte es zurückgeben," sagte er, fast flüsternd.

Sie nahm den Band, sagte nichts.

Seine Hände zögerten neben ihren.

Das Schweigen war dicht, Worte rar.

„Ich dachte, dass…" begann er, doch sein Satz verhallte.

Helena berührte seine Hand leicht.

Ihre Blicke trafen sich.

Eine Bewegung – fast vollendet.

Sie dachte an Clotildes Worte: ein gutes Netz fängt man nicht zu früh ein.

Sie spürte den Moment wie einen Faden, gespannt zwischen Zerreißen und Neuverweben.

Die Türglocke klingelte.

Ein Kunde fragte nach einem Stadtplan.

Beide traten zurück.

Caio wandte den Blick ab.

Helena fasste sich.

Als der Kunde ging, blieb sie reglos stehen.

Sie drückte den Band an ihre Brust.

Dann stieg sie die Treppe zur Galerie hinauf.

Setzte sich dort, den ungeliebten Brief in der Hand.

Die Welt schien stillzustehen.

Sie legte das Papier beiseite.

Atmete tief durch.

Stand auf.

Sie wusste: Ein Treffen ließ sich nicht länger hinauszögern.

Sie ging hinaus.

Fand Caio am Kai.

„Gehst du?" fragte sie.

„Morgen früh."

„Ich habe dich nicht gebeten zu bleiben," sagte sie.

„Weil ich wusste: Hätte ich es getan, wärst du mir zuliebe geblieben.

Aber ich wollte, dass du für dich bleibst."

Caio zog den Brief aus der Tasche.

Reichte ihn ihr – gefaltet, ohne Umschlag.

„Ich bin längst geblieben," sagte er. „In diesem Brief.

In jenem Ort in mir, der nur existiert, weil du zuerst geschrieben hast."

Sie umarmte ihn.

Die Wärme seines Körpers, der Duft alter Bücher und Meer.

Hände verweilten auf seinem Rücken.

Die Zeit schien stehen zu bleiben.

Er steckte den Brief in die Brusttasche – als Zeichen, all die unausgesprochenen Worte zu bewahren.

Caio wandelte den Kai entlang, im dämmrigen Licht – und das Meer schien ihn ein Stück weiterzutragen.

Hinter ihm blieb Helena stehen – vom oberen Treppenabsatz aus beobachtete sie ihn.

In der Stille dachte sie:

Zwischen uns spannt sich ein unsichtbares Netz –
unter einer inneren Sonne – gewebt aus Gesten, die
halten, ohne zu binden.
Selbst über die Distanz bleibt es bestehen.

„GEHEN HEIßT NICHT, FORTZUGEHEN.
ES HEIßT, IN ALLEM ZU BLEIBEN, WAS WEITERGEHT.
ES GIBT ABWESENHEITEN, DIE SELBST UNSERE
BEGEGNUNGEN DURCHZIEHEN."
— KAPITEL 12

KAPITEL 13
DAS HAUS DER OFFENEN FENSTER

„FENSTER ZU ÖFFNEN HEIßT NICHT, DEN WIND
HEREINZULASSEN.
ES HEIßT, DEN MUT ZU HABEN, SICH VON IHM TRAGEN
ZU LASSEN."
— CORA CORALINA

Der Morgen kam blau — zum ersten Mal seit Tagen.

Der wolkenlose Himmel schien tief durchzuatmen.

Helena erwachte im Licht, das durch die Lamellen der Fensterläden fiel.

Das Laken trug noch den Duft des Briefes, den sie im Morgengrauen gelesen hatte.

Das Zwitschern der Vögel und der leere Platz neben ihr im Bett füllten den Raum mit spürbarer Gegenwart — wie ein Körper aus Abwesenheit.

Sie verbrachte den Tag in der Buchhandlung — doch war sie nicht wirklich dort.

Kunden sprachen, Clotilde nähte, doch alles klang gedämpft.

Jede Geste von Helena verriet eine anwesende Abwesenheit — eine Abwesenheit, die pulsierte.

Nicht als Schmerz.

Sondern als offener Raum für etwas, das vielleicht noch zurückkehren würde.

Beim Ordnen der Bücher fand sie ein altes Notizbuch.

Verstreute Einträge, Sätze, verbunden durch Pfeile und Daten.

Sie las einen:

„Manche Menschen treten in uns ein, als hätten sie immer dort gelebt."

Sie lächelte.

Es fühlte sich an wie eine Vorahnung von Caio.

Am Abend stieg sie in ihr Zimmer hinauf.

Öffnete eines nach dem anderen alle Fenster des Hauses.

Der Wind fuhr herein, wirbelte Papiere über den Schreibtisch.

Sie ließ es zu.

Unten im Hof schwankte eines von Clotildes Netzen in der Sonne.

Helena hielt inne und betrachtete es.

Sie dachte: Vielleicht öffnete auch sie sich — die Trauer, das Schweigen, all das.

Um zu trocknen.

Um zu heilen.

Sie nahm Caios Brief.

Setzte sich an den Bettrand.

Las ihn erneut.

Erinnerte sich daran, wie er Bücher berührt hatte — als sei jedes eine halb geöffnete Tür.

„Wenn Gehen eine Art des Bleibens ist, dann lass mich lernen, zu bleiben — auch ohne deinen Schatten."

Sie faltete den Brief behutsam.

Statt ihn wegzulegen, legte sie ihn unter einen Stein auf das Fenstersims.

Der Wind versuchte, ihn zu nehmen — doch er blieb, offen — als hätte er sich entschieden, zu bleiben.

Helena ging hinaus.

Ging zum Kai.

Setzte sich auf ihre übliche Bank.

Sie brachte kein Buch mit.

Keinen Kaffee.

Nur ihren Körper — und das Schweigen.

Sie schloss die Augen.

Atmete tief.

Auf dem Rückweg kam sie am Haus vorbei.

Die Fenster weit geöffnet.

Die Vorhänge tanzten im Luftzug.

Sie lächelte.

Das Haus wirkte anders.

Lebendig.

Als spräche es: Komm herein.

Und da verstand sie: Vielleicht war sie es selbst, die sich geöffnet hatte — von innen.

Dass die offenen Fenster und die gespannten Netze dieselbe Geste waren: das zurückzulassen, was verweht — und zu bewahren, was noch schlägt.

Bevor sie eintrat, ging sie durch den Hof.

Blieb vor dem Netz stehen.

Zog an einem der Knoten.

Lockerte ihn langsam.

Das Netz löste sich nicht.

Es veränderte nur seine Form.

Wie die Zeit in ihr — nicht gelöst, nur anders gespannt.

Sie trat ein.

Der Holzboden knarrte unter ihren Schritten.

Als sie das Zimmer betrat, lag ein Brief auf dem Schreibtisch.

Kein Absender.

Als hätte das Schweigen des Hauses selbst beschlossen, zu schreiben.

„Manche Häuser bestehen nicht aus Wänden.
Sie bestehen aus geöffneten Fenstern in jemandes Zeit."

In das rote Buch auf dem Tisch schrieb Helena — mit ruhiger Hand:

„Für Caio — weil manche Gegenwarten keinen Umschlag brauchen.
Nur eine offene Seite."

Helena

"GEHEN HEIßT NICHT, FORTZUGEHEN.
ES HEIßT, IN ALLEM ZU BLEIBEN, WAS WEITERGEHT.
ES GIBT ABWESENHEITEN, DIE SELBST UNSERE
BEGEGNUNGEN DURCHZIEHEN."
— KAPITEL 13

KAPITEL 14
LETZTER BRIEF VOR DEM REGEN

„MANCHE BRIEFE MÜSSEN NICHT VERSCHICKT
WERDEN.

NUR GEFÜHLT."

— KAPITEL 10

Der Himmel war schwer, doch der Regen hatte noch nicht begonnen.

Paraty wirkte wie in Schwebe, wartend auf den ersten Tropfen.

Die Buchhandlung dämmerte im fahlen Licht, duftend nach kaltem Kaffee und feuchtem Holz.

Helena ordnete Bücher im unteren Regal, als ein Umschlag zwischen zwei Bänden hervorrutschte.

Sie erinnerte sich nicht, ihn dort hingelegt zu haben.

Sie erkannte das Papier.

Es war von Clotilde.

Sie setzte sich auf den Boden, den Umschlag in den Händen.

Öffnete ihn behutsam.

Die Handschrift — zitternd, doch fest.

Kurz.

Jeder Satz wie ein von Hand gesetzter Stich.

„Ihr habt euch geschrieben, bevor ihr euch angeschaut habt.

Und euch erkannt, bevor ihr einen Namen hattet.

Ich sah euch zwischen den Zeilen, bevor ihr euch berührt habt.

Jedes Netz muss in der Sonne trocknen, sonst stockt es an dem, was bleibt.

So auch ihr.

Nicht jeder Brief muss verschickt werden.

Aber dieser muss geöffnet werden.

Er wird zurückkehren.

Nicht weil er falsch gegangen ist — sondern, weil er richtig geblieben ist."

Clotilde

Helena las schweigend.

Ihre Augen füllten sich.

Dann kamen die Tränen — lautlos, ohne Eile.

Sie flossen sanft, wie jemand, der von innen die Fenster reinigt.

Am Ende des Briefes — eine alte Falte.

Dort geschrieben — auf Seidenpapier, aus jenen Tagen, als Clotilde die Welt noch mit Veilchenduft versah.

Eine kurze Notiz, wie von jemandem, der noch weiß, wie man wartet:

„Es gibt Abwesenheiten, die selbst unsere Begegnungen durchziehen."

Bevor der Regen begann, trat Helena hinaus in den Hof.

Verharrte unter der Veranda.

Clotilde saß dort, den Blick auf einen vergilbten Umschlag gerichtet.

Ihre Finger tasteten am Rand des Papiers — als suchten sie nach einer noch lebenden Erinnerung.

Helena fragte nicht.

Doch sie hörte:

„Ich habe ihn nie verschickt.
Aber sie hat immer geantwortet."

Und dann lächelte Clotilde.

Ein kurzes Lächeln — wie jemand, der das Schweigen als Antwort angenommen hat.

Wie jemand, der sich an eine alte Liebe erinnert — jene, die Briefe ohne Empfänger hinterlässt.

Helena hielt die Notiz noch einen Moment zwischen den Fingern.

Dann nahm sie das Buch, das Caio am häufigsten durchgeblättert hatte — das rote, voller Gedichte über Orte, an denen die Zeit ins Stocken gerät.

Sie schlug eine Seite auf, markiert durch eine dezente Falte.

Schob die Notiz hinein.

Stellte den Band ins Schaufenster.

Kein Name.

Keine Nachricht.

Aber sie wusste.

Und vertraute darauf, dass er es auch wissen würde.

Der Regen begann zu fallen — fein, bestimmt — als schriebe er das nächste Kapitel auf die Steine.

Helena schloss die Buchhandlung — ließ jedoch das Licht im Schaufenster an.

Draußen glänzten die Pflastersteine.

Die Stadt atmete zwischen den Tropfen.

Bevor sie hineinging, blickte sie noch in den Hof.

Ein Netz hing dort, gespannt — selbst im Nieselregen.

Sie nahm es nicht ab.

„Manche Erinnerungen," dachte sie, „halten jedem Wetter stand."

Sie wartete nicht — sie blieb.

Der letzte Brief war kein Abschied.

Er war Einladung.

„MANCHE ABWESENHEITEN GEHEN NICHT.
SIE BLEIBEN — UND WEISEN JENEN DEN WEG, DIE
NOCH KOMMEN."

— KAPITEL 14

EPILOG
Wo das Meer heimkehrt

„MANCHE SCHWEIGEN SIND KEINE ABWESENHEIT.
SIE SIND EINE SPRACHE, DIE NUR ZWEI HERZEN HÖREN
KÖNNEN, DIE EINANDER ERKANNT HABEN."

Paraty erwachte rein — wie nach einem notwendigen Weinen.

Der Regen war in der Nacht versiegt.

Die noch feuchten Straßen verliehen dem Tag einen neuen Glanz — als wäre die Nacht vergessen.

Die Stadt wirkte gewaschen.

Sie atmete langsam.

Der Schlüssel drehte sich im Schloss, noch ehe die Sonne die Steine erwärmt hatte.

Der Duft von feuchtem Holz, kaltem Kaffee und geretteten Seiten erfüllte den Raum.

Beim Ordnen des Lyrikregals fand Helena einen Brief.

Kein Umschlag.

Keine Unterschrift.

Unten, mit Bleistift gezeichnet — ein Netz.

Schlicht, leicht — ein Faden zwischen zwei Ufern.

„Netze sind nicht dazu da, zu binden.
Sie sollen das halten, was mit der Flut zurückkehrt."

Helena las schweigend.

Dann nahm sie den Brief und ging zu dem Netz an der Seitenwand der Buchhandlung — jenem, in dem schon so viele andere bewahrt worden waren.

Behutsam schob sie das Papier zwischen die Knoten.

Wie jemand, der der Zeit zurückgibt, was sie behalten hat.

Als sie hinaustrat, um den Eingang zu fegen, hielt Helena inne.

Auf der gegenüberliegenden Straßenseite stand Caio und sah sie an.

Er hielt ein Exemplar von *Das Buch der erdachten Gezeiten* — der Einband verblichenes Blau.

Er blickte zur Buchhandlung — mit einem Lächeln in den Augen.

Er winkte nicht.

Er blieb einfach stehen.

Auch sie winkte nicht.

Sie erwiderte nur seinen Blick.

Dann drehte sie das Schild auf *Offen* — als öffne sie nicht nur das Geschäft, sondern auch einen Raum in sich selbst.

Die Tür blieb einen Spalt geöffnet.

Die Geste war klein.

Aber vollkommen.

Zwischen ihnen trug die Luft das Rauschen des Meeres, den scharfen Ruf einer Möwe, den Duft eines neuen Tages.

Es gab kein Versprechen.

Keine Erklärung.

Aber es gab Gegenwart.

Und das reichte — für diesen Tag. Vielleicht für viele.

„MANCHE SCHWEIGEN SIND KEINE ABWESENHEIT
— SIE SIND EINE SPRACHE, DIE NUR ZWEI HERZEN
HÖREN KÖNNEN, DIE EINANDER ERKANNT HABEN."

Im Schaufenster schwankte das Netz leicht.
Als wüsste es:
Die Gezeiten wissen, wie man zurückkehrt.

EPILOG II
DER BRIEF FÜR SPÄTER

„DIE ZEIT KENNT DEN RICHTIGEN MOMENT, DAMIT
BESTIMMTE WORTE ZURÜCKKEHREN."

Jahre später, an einem späten Sommernachmittag, stand *Mar e Palavra* noch immer — trotzig gegenüber der Eile der Welt.

Offene Fenster ließen den Duft des Meeres und das Lied der Zikaden herein.

Die Glocke über der Tür erklang — ein Klang, der schon einmal erklungen zu sein schien.

Ein junges Mädchen mit buntem Rucksack trat ein — der Blick voller Durst und Geschichten, die noch keinen Namen hatten.

Sie sagte, sie suche ein Geschenk für ihre Großmutter — jemanden, der Bücher mochte, die nach Erinnerung dufteten.

Die Buchhändlerin — weißhaarig, das Haar zu einem Knoten gebunden, die Augen aufmerksam, wie jemand, der lange gewartet hat, ohne sich zu verlieren — lächelte sanft.

„Dort hinten, im hinteren Regal.
 Dort stehen die Bücher, die es am liebsten mögen, ausgewählt zu werden."

Das Mädchen ging.

Und zwischen den Gedichtbänden fand sie noch etwas mehr: einen alten Umschlag, vergilbt, die Ränder leicht vom Lauf der Zeit gezeichnet.

Kein Name.

Nur ein handgeschriebener Satz, die Tinte fast verblasst:

„Wenn du diesen Brief gefunden hast, suchst du vielleicht auch ein Netz, um deine Abwesenheit zur Ruhe zu betten."

Im Inneren — ein gefaltetes Blatt.

Und in dessen Mitte — ein Netz, mit Bleistift gezeichnet.

Schlicht. Doch stark.

Und dieselbe Handschrift — lebendig, als warte sie noch immer darauf, gelesen zu werden.

Das Mädchen kehrte zum Tresen zurück.

Legte das Buch und den Umschlag behutsam hin.

„Darf ich das auch mitnehmen?"

Die Buchhändlerin sah hin.

Einen Moment lang glitten ihre Augen in eine Erinnerung, die nie gealtert war.

Dann nickte sie zärtlich.

„Natürlich.

Manche Briefe sind nicht für die, die sie schreiben.

Sondern für die, die sie finden müssen."

Nachdem das Mädchen gegangen war, blieb die Buchhändlerin eine Weile am Fenster stehen.

Sie betrachtete das dort hängende Netz — dessen Fäden sich sanft im leichten Nachmittagswind wiegten.

Sie berührte einen der Knoten mit ihren nun fragilen Fingern.

Und, als spräche sie zur Zeit selbst, murmelte sie:

„Die Briefe kommen weiter an."

Draußen war der Himmel gewaschen blau.

Ein Junge lief vorbei — ein Papierboot in den Händen.

Die Flut stieg sachte.

Der Wind trug einen Klang, den sie im Herzen kannte:

das Knarren eines alten Boots, festgemacht am Kai,

das leise Plätschern von Wasser an unebenen Steinen,

das Pfeifen der Möwen, die über das seichte Meer kreisten.

Der Duft war derselbe wie immer — Salz, Zeit, und etwas Unsichtbares, das nur Paraty zu bewahren weiß.

Im Schaufenster schwankte das Netz leicht.

Als erinnere es sich:

Das Meer bringt zurück, worauf wir vergessen haben zu warten.

Und vielleicht begann dort — eine neue Geschichte.

Oder dieselbe, erzählt mit anderen Augen.

Und vielleicht — noch lange weitergesponnen.

EPILOG III
DER LETZTE BRIEF, DER MIT DER FLUT KAM

„ES GIBT FÄDEN, DIE NICHT REIßEN, SELBST WENN DIE HAND, DIE SIE GEWOBEN HAT, NICHT MEHR DA IST."

— CLOTILDE

Jahre später, an einem Morgen, an dem die Flut die Stadt überraschend erreichte, hielt der Kai von Paraty noch immer sein Schweigen.

Die Pflastersteine waren feucht und spiegelten einen Himmel voller verstreuter Wolken.

Die Taue der kleinen Fischerboote schwangen im Rhythmus kurzer Wellen, während ein zarter Duft von Nelken und gealtertem Holz in der Luft lag.

In dieser Szenerie fand ein Fischer — einer der wenigen, die ihre Netze noch auf die alte Weise holten — etwas, wonach er nicht gesucht hatte.

Zwischen den verwitterten Knoten eines verlassenen Netzes, halb im seichten Wasser am Kai versunken, lag ein vergilbter Zettel, sorgfältig gefaltet.

Daneben, im Gewebe verfangen, ein kleines Papierboot — teils aufgeweicht — mit den Spuren von Händen, die einst versucht hatten, es der Zeit zu entziehen.

Der Zettel trug keinen Absender.

Kein Datum.

Nur diese Worte, in feiner, leicht geneigter Handschrift:

„Vielleicht werden wir nie wissen, was wir füreinander waren.

Aber ich weiß: Seit jenem ersten Brief war keine Abwesenheit mehr dieselbe.

Und das Meer liest uns noch immer — selbst im Schweigen."

Der Mann las still.

Und als verstünde er die Natur von Worten, die mit der Flut kommen, faltete er das Papier erneut — und ließ es dort, wo er es gefunden hatte.

Manche Worte wollen nicht verschickt werden.
Sie wollen bleiben.

Am selben Morgen schwankte im Fenster von *Mar e Palavra* ein neues Netz — vor Jahren von Clotilde gewebt — sanft im leichten Wind.

Und zwischen seinen Fäden, neu befestigt mit einem verblichen blauen Band, ein weiterer unsignierter Zettel:

„Manche Abwesenheiten sind in Wahrheit Gegenwarten, die das Warten gelernt haben."

Helena bemerkte es, als sie das Geschäft öffnete.
Sie brauchte es nicht zu berühren.
Sie lächelte nur — leise.
Denn sie wusste.
Sie wusste, dass manche Geschichten kein Ende haben.
Sie lernen nur, in einer anderen Zeit zu warten.
Und wer weiß — eines Tages könnte mit der Flut ein weiterer Brief kommen.
Denn es gibt Wartende, die nicht vergehen.

Die Gezeiten?
Immer im Warten.

DANKSAGUNG

SCHREIBEN IST BISWEILEN EIN AKT DES
SCHWEIGENS.

Und manchmal ist es der Versuch, dem Unsagbaren
eine Stimme zu geben — jenem, was nur das Herz
versteht.

Dieses Buch, gewebt aus Pausen und dem, was
zwischen den Zeilen liegt, konnte nur entstehen, weil ich
es nicht allein geschrieben habe.

Meiner Frau Thaiana — eine Gegenwart, zugleich
stark und zart, wie ein Netz, das hält, ohne zu binden:

Danke, dass du das *Fleur de Sel* bist, das dem Leben
selbst in den kleinsten Gesten Geschmack verleihst.

Dafür, dass du mit den Augen zuhörst, mich an
jenen Tagen hältst, an denen ich zweifle, und mit jener
stillen Tiefe da bist, die nur ganze Herzen kennen.

Jedes Kapitel trägt etwas von dir: deinen leisen Mut,
deine unaufdringliche Schönheit, deine sorgsam gewebte
Intensität.

Du, die mit der Schwerkraft tanzt, als gehöre sie dir
nicht — du hast mir gezeigt: Wahre Liebe ist nicht das,
was uns festhält, sondern das, was uns atmen lässt.

Meiner Schwester Fernanda De Lima —
aufmerksame Leserin, großzügige Vertraute und
Zuhörerin der zerbrechlichsten Fassungen dieser
Geschichte:

Danke, dass du in diese Seiten eingetaucht bist, noch
bevor sie bereit waren.

Meiner Familie, die mir sowohl Wurzeln als auch den Wind geschenkt hat, um voranzugehen — selbst wenn die Gezeiten dagegen standen:

Danke für jedes unausgesprochene Wort und jede Geste, die mir gezeigt haben, dass Zugehörigkeit keiner Übersetzung bedarf.

Und vielleicht ist das, was am meisten bleibt, genau das, was wir nie ganz in Worte fassen konnten.

Dieses Buch besteht aus Abwesenheiten und aus Heimkehr.

Doch es besteht auch aus euch allen — die immer hier gewesen seid, selbst wenn die Welt fern schien.

Danke, dass ihr Teil meines Netzes seid.

Pablo R. De Lima

Notiz eines, der das Schreiben im Warten erlernte

Manchmal riecht Sehnsucht nach aufgekochtem Milch und feuchtem Holz — wie die Morgen auf dem kleinen Hof meiner Tante in Suruí (RJ).

Es ist seltsam zu denken, dass ich zwischen den hohen Gräsern von Rio und den kalten Zügen von Zürich gelernt habe, Schweigen in Erinnerung zu übersetzen.

Wie Caio trage ich zwei Geografien in mir: eine, die laut ist — und eine, die stillt.

Zwischen ihnen schreibe ich.

Oder versuche es.

Ich habe Paraty gewählt, weil es für mich mehr ist als eine Stadt: Es ist eine Küstenlinie.

Ein Ort, wo die Zeit langsamer wird, das Meer zurückkehrt, und die alten Steine uns lehren, das Ungesagte zu hören.

Die Briefe in diesem Buch sind genau so entstanden — als Fragmente, die ich einst schrieb und nie verschickte.

Stille Worte, die beim Lesen endlich ihre Stimme finden.

Vielleicht schreibe ich deshalb: um nicht zu verlieren, was noch schlägt.

Und um mich daran zu erinnern, dass — selbst ohne Empfänger — manche Briefe immer wissen, wohin sie gehören.

"Und danke — dir, der du diese Worte nun mit mir trägst."

FÜR ALLE, DIE BIS ZUR LETZTEN FLUT GEBLIEBEN SIND

„Falls diese Geschichte in dir ein Zuhause gefunden hat,
hinterlasse gerne eine Rezension auf Amazon.
Deine Worte helfen anderen Briefen, ihren Weg zu jenen
zu finden, die sie vielleicht am meisten brauchen.“

Wenn du Gedanken, Erinnerungen oder auch Schweigen teilen möchtest, schreib an:

@delimapablo.author
    Danke, dass du bis hierher gekommen bist.
Mögen deine Gezeiten stets sanft sein.

ÜBER DEN AUTOR

PABLO R. DE LIMA wurde in Rio de Janeiro geboren, wuchs jedoch zwischen dem schweizerischen Schweigen, vollgekritzelten Notizbüchern und jenen Nächten auf, in denen Worte nicht alles fassen konnten, was er empfand.

Als Schriftsteller und leidenschaftlicher Träumer findet er in Worten jenes Refugium, das in der Welt oft fehlt.

Ausgebildet im Bereich Webdesign und fasziniert von den Geschichten zwischen den Zeilen, glaubt Pablo daran, dass die größten Begegnungen des Lebens zwischen Gesten und Schweigen geschehen.

Seine Erzählungen streifen die Ufer der Sehnsucht, der Pausen und der Zuneigungen, die der Zeit standhalten — wie Briefe, die nie verschickt wurden und doch immer ihren Weg finden.

Wo das Meer heimkehrt ist sein Debütroman — ein zeitgenössisches Briefroman-Werk, angesiedelt zwischen staubigen Büchern, stillen Gezeiten und Gesten, die mehr sagen als Worte.

Wenn er nicht schreibt, trifft man Pablo oft beim Spazierengehen, an grauen Tagen mit Fado im Ohr oder im Gespräch mit Katzen — als könnten sie ihn verstehen.

Er lebt zwischen Zürich und Brasilien — oder zwischen einer Vergangenheit, die noch schlägt, und einer Zukunft, die beharrlich im Jetzt beginnen will.

Mehr zu Pablos Arbeit findet sich auf Instagram: @delimapablo.author

NOTEBOOK DER TIEFEN

AUSGEWÄHLTE ZITATE AUS WO DAS MEER HEIMKEHRT

Eine Sammlung von Stimmen, Schweigen und Gezeiten aus dem Roman

- Manche Abwesenheiten gehen nicht fort. Sie lernen nur, tiefer zu ruhen.
- Nicht jedes Schweigen ist Leere. Manche tragen ganze Gezeiten in sich.
- Es gibt Briefe, die nur geschrieben werden, damit jemand sie eines Tages findet.
- Manche Fäden binden nicht. Sie tragen, was noch schlägt.
- Das Meer antwortet nicht. Aber es lehrt, besser zu fragen.
- Warten heißt nicht, reglos zu bleiben. Es heißt, sich von innen her zu bewegen.
- Jedes Netz besteht auch aus Räumen.
- Manchmal hallt eine unterbrochene Geste stärker nach als tausend vollendete Worte.
- Die Zeit löscht nicht — sie zeichnet die Konturen der Abwesenheit neu.
- Zwischen einem Blick und dem nächsten liegt immer ein stilles Ufer.
- Es gibt Worte, die im Schweigen vollständiger sind.
- Nicht jedes Gehen ist ein Fortsein.

- Manche Netze halten nicht — sie empfangen.
- Erinnerung ist kein Ort — sie ist ein Tidenstrom.
- Was zwischen den Zeilen bleibt, spricht lauter als das Gedruckte.
- Manche Briefe müssen nicht ankommen, um etwas zu verändern.
- Das Meer liest uns — auch wenn wir schweigen.
- Zärtlichkeit braucht manchmal nur Raum, nicht Sprache.
- Manche Geschichten enden nicht. Sie lernen, im Atem eines anderen weiterzuleben.

VERÖFFENTLICHUNGSINFORMATIONEN

Dieses Buch wurde
unabhängig von PABLO R.
DE LIMA über die Plattform
Books on Demand (bod.ch)
veröffentlicht.

Digitale Ausgabe — 2025.